Du erwachst im Frühling

4

Asato Shima

Du erwachst im Frühling 

Inhalt

Du erwachst im Frühling
Yataro …
#16
…

Du erwachst im Frühling

Ba
domp
Oh!
Wump
Hey!
Wo ist er
denn?!
Wer?
Kusaka!
Ah,
Chiharu
...
Eben war er
noch hier, aber
dann haben wir
uns im Gedränge
verloren ...
...
Verlo-
ren?
Echt
jetzt?
Komm
mal kurz
mit.
Hier ist es
zu voll.
Zieh
Kommen wir zur
Verkündung der
Klassenpreis-
Gewinner!
Waaah

Ah!
Sorry!
Schreck
はっ
はっ
Wapp
...
...
Was?!
Ich hab neulich dein Gespräch mit meiner Schwester mitgehört ...
... sorry.
...?
Sicher interessiert es dich ...
Hm?
Ich weiß von dem »Zauber« und davon ...
... dass du es mit ihm versuchen willst.

Solang ich nicht sage, dass Kusaka dabei war, ist es ja okay.
Ä...
Ähm ...
Aber ...
... nach deiner Hand hab ich nur gegriffen, weil du fast hingefallen wärst.
Einen anderen Grund gab es nicht.
Ah ...
K... Klar, das hab ich ...
... schon verstanden. Danke!
Außer-dem ...
... funktio-niert so ein »Zauber« doch eh nicht.
Der ist schon längst überholt.
Ich meine, es kann ja nicht sein ...

... dass du und ich jetzt ein Paar werden!
Na ja ...
... ich wollte da selber auch noch nach-helfen.
Ich dachte ja nicht, dass man sich allein deswegen ineinander verliebt.
Nicht wahr?

Hallo zusammen!

Asato Shima hier! Vielen Dank, dass ihr den vierten Band gekauft habt!

In diesem Band beginnt sich das Verhältnis zwischen den dreien entscheidend zu verändern. Ich hoffe, ihr habt auch mit Band 4 Spaß!

Die Coverbilder waren bisher immer Porträts der Figuren, aber ab dem vierten Band will ich die Struktur ein wenig auflockern. Ich freue mich schon aufs Zeichnen der nächsten Bilder!

Also mach dir nichts draus!

Bis dann.

…

Auf dem dritten Platz …

… die Klasse 10-6!

Waaah!

はっ

Schreck

Rattatatt
Hah
Hah
Was machst du denn hier?
...
Das, was du von mir wolltest. Ich habe nicht nachgesehen, wer Itos Schwarm ist.
Passt dir das nun auch nicht?
Ich wollte doch nicht, dass du ohne ein Wort verschwindest!

Sie sucht gerade nach dir!
Nach mir?
Die Person, in die Ito verliebt ist ...

Ah ...
Ja, und weiter?
Weil du darüber Bescheid weißt ...
... bist du einfach abge- hauen ...
... und hast sie stehen lassen?
Knirsch
Du bist echt das Letzte.

Du bist es doch!
Du bist der Dreckskerl …
… der ihr Geständnis übergangen und sie damit verletzt hat!

...
Hah
Hah
Als Cold Sleeper vergingen die sieben Jahre wie ein Augenblick.
Bis jetzt war Ito ...
Ja, ja, ich weiß.
Sie war wie eine kleine Schwester für dich!
Schon klar!
Ich kann's nicht mehr hören!
Bamm

Damals …
… hat sie gesagt …
… »Ich bin froh, dass er mich missverstanden hat.«
Andernfalls wäre die Sache so peinlich, dass ihr auf Abstand gehen müsstet …
… weshalb ihr dieser Ausgang lieber war.
Also …
… wenn du keinen Abstand willst, halt die Klappe.
Sie darf auf keinen Fall mitkriegen, dass du es nun weißt.

Bitte …
Ich will sie nämlich nie wieder wei- nen sehen.
Hah
Das ist alles.
ザラ
Rattatatt
Yataro …
Es tut mir leid.

Bamm
Tapp
Tapp
Bratz
...
Wump
»Ist das deine kleine Schwester?«
Nein, die Nachbarstochter!
Wir kümmern uns manchmal um sie.
Ach echt?
Tarot
Ike

Alle denken, dass wir Geschwister sind!
Ha ha, stimmt!
Es wäre schön ...
... wenn du wirklich mein großer Bruder wärst!
...
Hm? Was hast du?
Hey, Kusaka!
Bogenschieß-AG
Ah, Higuchi!
Ich wusste gar nicht, dass du eine kleine Schwester hast!
Ich dachte, du bist ein Einzelkind.
Doch, hab ich.

Ist sie nicht zucker-süß?
Du klingst ja fast, als hät-test du einen Schwester-komplex!
Ha ha ha!
...
Tschüss, ihr zwei!
Chiha...
Für heute tun wir mal so ...
... als ob ich wirklich dein »großer Bru-der« wäre!

Deine kleine Schwes- ter?
Ja!
»Aber …
… seit du …
… aus deinem Kälteschlaf erwacht bist …
… dachte ich kein einziges Mal …
… dass du mein >großer Bruder< bist.«

Gute Arbeit, ihr alle!
Klapper
11 - 2
Wir bauen heute bis um acht Uhr ab.
Den Rest räumen wir morgen auf.
Jaaa!
Was ist mit der After-Show-Party?
Duuut
Duuut
Der Teilnehmer ist im Moment nicht erreichbar …
…
…
»Ich will sie nämlich nie wieder weinen sehen.«

Hat …
… Ito …
… damals geweint …
… als ich es nicht sah?
Und jetzt …?
Ito!
Und jetzt?

Ito!

Hah
Hah
Hah
Tapp
Tapp
Tapp
Batamm
Wah!

Ah
...
Chiharu!
I...

...
Ito.
Ito
...

Du ...
... Idiot!
Ugh!
Bonk
Schwank
Hust
Hust
Wo warst du denn die ganze Zeit?!
Dacht ich mir!
Hast du den Anruf nicht gehört?!
Ah, sorry ... Mein Handy ist im Spind.
Im Trainingsraum ...
Ach, Mensch!

Wir haben uns doch aus den Augen verloren!
Du hättest wenigstens mal hier im Klassenzimmer vorbeischauen können!
Wir waren doch zusammen hier.
Aber von dir kam nicht ein Wort!
Das macht mich traurig.
Mensch ...
Tomp
ガス
ガス
Tomp

Ich hätte deine ...
Sorry ...
Tut mir leid, Ito.

... Hand nehmen sollen, damit wir uns nicht verlieren.

Du behan-delst mich wieder wie ein Kind.
Wie?
Das war nicht meine Absicht!
Pfft
Ha ...
Hi hi
Ha ha ha!
Dein Gesicht eben ...!
...

Hah
Aber ...
... das wäre wirklich besser!
Na ja, vor allen Leuten machen wir das lieber nicht.
...
Ich meine ...
... ich war nicht sauer, weil wir uns verloren haben, sondern wegen dem ganzen Trubel danach!
Ver-stehst du?

Hey, hörst du, Chiharu?
Ja …
… ich verstehe.
Wirklich, ich tu's!
Sicher?

#17

Du erwachst im Frühling

Du erwachst im Frühling

Was?!

Gestern in der AG hat er kaum die Zielscheibe getroffen.

Das hat mich stutzig gemacht. Und tatsächlich hatte er Fieber.

Heute ging es ihm noch schlechter und deswegen blieb er zu Hause.

...

Das ist das erste Mal seit seinem Cold Sleep, dass er in der Schule fehlt ...

Hey!

Was ist los mit ihm?

Er soll Fieber haben.

Aha.

...

Die Viertelseitenspalte

So nenne ich diese Spalte jetzt. Im Magazin waren hier immer Werbeanzeigen, aber nach diesem Mal wird diese Spalte ***verschwinden****.*

Auch in anderen Magazinen sehe ich diese Spalte immer seltener. Das scheint eine Art Trend zu sein.

Damit ist dies dann also die letzte Viertelseitenspalte.

Ich weiß noch, dass ich mich früher immer ziemlich darauf gefreut habe, diese Spalte mit Text zu füllen, auch wenn es manchmal nicht leicht war, mir etwas auszudenken.

Von daher, lebe wohl, Viertelseitenspalte!

... dem Schulfest war Chiharu ...
... die ganze Zeit so seltsam ...
Na ja, es gab auch vorher Momente, wo sein Verhalten komisch war.
Was da wohl der Auslöser für war?
Aber diesmal war es anders.
Er war unachtsam und ihm ist dauernd irgendein Missgeschick passiert.
Guten Morgen!
Ah Hall...
Flapp
Flapp
Purzel
Purzel
Chiharu!
Stolper
Überhaupt nicht wie sonst ...
Chiharu! Das Buch ist falsch rum!

Das war schon ein kleiner Schock.
Aber da ging's ihm wohl schon körperlich schlecht.
Ob er sich überanstrengt hat?
Ja ...
Ich war auch ein wenig erschrocken.
Ehrlich gesagt, war ich völlig geschockt!
»Sie darf auf keinen Fall mitkriegen, dass du es nun weißt.«
»Du bist echt ungeschickt, Yataro!«
Kapitel 5
Das muss er grad sagen!
Hat er sich zufällig erkältet ...
... oder hat ihn die ganze Sache so mitgenommen?
Wäre er dann nicht ziemlich überempfindlich?
Ah ja ...
Kommst du nach der Schule mit, ihn besuchen?
Hä? Natürlich nicht.
Hast du nicht aus Sorge um ihn nachgefragt?

Poff
...
!
Du machst dir die Mühe ...
... zu ihm zu gehen, lädst dann aber noch mich ein?
Dummer-chen.
Ich hab dich schon bei der Ab-schlussfeier enttäuscht ...
Jetzt stör ich dich nicht mehr.

Yata...
Hey, Amamura!
Was stehst du da rum und lauschst?!
Lug
Ah ... Du hast mich bemerkt?
Das machst du immer, verdammt!
Bonk
Hi hi!
Bonk
...
»Ich meine, es kann ja nicht sein ...
... dass du und ich jetzt ein Paar werden!«
Na ja ...
Wir sind Freunde, aber ...
... sein Gesicht in dem Moment ...

... kann ich einfach ...

... nicht vergessen.

Katschak

Oh, Ito!

Lange nicht gesehen!

Ah, da musst du keine Angst haben! Die Krankheit von damals ist ausgeheilt.
Das jetzt ist nur eine ganz normale Erkältung.
Puh!
Ach so ... Da bin ich aber froh!
Ah ...
Genau!
Ich wollte gerade etwas zum Abendessen einkaufen gehen.
Kannst du Chiharu vielleicht so lange überwachen?
Was?
»Überwachen«?
Sobald man ihn aus den Augen lässt, steht er auf und läuft herum.
Kurz nach dem Cold Sleep war es genauso.
O... Okay?
Ah, warte mal!
Tapp
Tapp
Ich denke nicht, dass du es brauchen wirst, aber ...
... für alle Fälle!!
Wusch
Nudelholz
?!
Äh ...
Was soll ich damit?

Als ich neulich nicht da war, kamst du doch zum Abendessen, oder?
Ah! Ja, das war lecker.
Vielen Dank!
Keine Ursache. Aber da hat er dich ja quasi hereingezwungen, nicht wahr?
Er denkt und fühlt immer noch wie früher.
Was?! Du darfst keine Mädchen mit zu dir nehmen, wenn ich nicht da bin!
Wieso? Das war doch nur Ito ...
Auch Ito nicht! Du hast sie sicher in Verlegenheit gebracht!
...
Du bist längst kein kleines Kind mehr!
Er dagegen ...
Sei trotzdem nicht zu streng mit ihm, ja?
Ja ...
Ich beeile mich!
Tapp
Tapp

Tapp
Tapp
Sie hat sicher bemerkt, dass ich …
… in Chiharu verliebt bin.
Bestimmt!
Ah, ist es das?
Da fällt mir ein, ich war noch nie in seinem Zimmer!
Und noch dazu ist seine Mutter schon wieder nicht da …
Ich war ja immer nur im Erdgeschoss.
Das große Unbekannte
Das macht mich nervös.
Gnn
Klopf
Klopf
Chiharu?
Ich bin's, Ito!

Bonk
Flapp
Rumpel
Polter
Rumpel
I...
Bamm
Hah
Hah
...
So... Sorry ... Hab ich dich erschreckt?
Bist du aus dem Bett gefallen?
Wo ist meine Mutter?
Ah ... Sie ist etwas fürs Abendessen einkaufen gegangen.
Ach so ...

Ah, ich hole ein Sitz-kissen für Gäste.
Warte im Zimmer ...
Torkel
Schwank
Lass nur!
Du musst gar nichts machen!
Leg dich hin!
Schnapp
Ito ... wieso hast du ein Nudelholz in der Hand?
A... Also das ...
Ah ... Machst du mir Udon-Nudeln? So richtig ...
... handge-macht?
Hi hi!
Hi hi!
Aber ich kann jetzt nichts essen, ich probier nur mal.
Schwindel
Chi-haru, geh erst mal ...
... in dein Zimmer und ...
Flomp
?!

Hff
Ah ...
Sorry ...
Drüüück
M...
Menschenskind!
Chiharu!
Geh ins Bett!
Komm, es ist nicht weit!
Schleif
Und hepp!
...
Wump

Hah
Hah
Ah ...
Bleib im Bett!!
Jawohl.
スン…
Schmoll
むく…
Wupp
Ich hab dir noch nichts zu trinken angeboten ...
Was möchtest du, Ito?
Puh
ピト
Patt
ビクッ
Zuck

Du hast immer noch ziemliches Fieber, oder?
...
Damit kannst du morgen sicher nicht zur Schule kommen.
Morgen wollte ich eigentlich hin ...
Aber wenn du dich übernimmst, bleibst du länger krank!
Deine Mutter macht bald das Abendessen. Es werden vielleicht keine Udon-Nudeln ...
... aber es wird sicher lecker.
Was willst du trinken, Chiharu?
Im Kühlschrank steht Tee ...
Alles klar!
ガチャ
Katschak

Katschak
…
もぞ…
Wälz
Ah
Weil Chiharu so durch den Wind ist, war ich gar nicht nervös.
Obwohl ich zum ersten Mal in seinem Zimmer war …
ガタタ
Klatter
Zum Glück.
Plitsch
ぴと
Sst

Geht das so?
Ja, danke.
Ich bin ja jetzt ver-sorgt.
Geh besser nach Hause, bevor es dunkel wird.
Aber deine Mutter hat gesagt, ich solle ...
... dich be-wachen, bis sie zurück-kommt.
»Bewa-chen«?
Oder kannst du nicht einschlafen, solange ich da bin?
Sorry, falls ich mich auf-dränge!
Nein, das ist es nicht ...
Meine Mutter war mal richtig sauer auf mich, als ich ihr erzählte, dass ich dich während ihrer Abwesenheit hereingelassen habe.
Sie meinte, das hätte dich in Ver-legenheit gebracht.
Aber diesmal ist es okay, dass wir nur zu zweit sind?
Ja, davon hat sie mir vorhin auch erzählt.

Ito … … habe ich dir damit Probleme bereitet?
Ah … Na ja, vielleicht ein biss-chen.
Es war ja spät …
Uh … Das The-ma ist mir peinlich!
Sorry, dass ich das nicht bemerkt habe.
In solchen Dingen bin ich so un-sensibel …
Echt …

Du darfst mich mit dem Nudelholz schlagen.
Was?!
Er wirkt irgendwie total geschwächt.
Vom Fieber!
Schlagen ist etwas hart ...
Du hast mich ja damals nur deswegen eingeladen, weil meine Eltern nicht zu Hause waren.
Dass du das für mich getan hast, habe ich ...
... schon richtig verstanden!
Auch wenn man etwas für jemanden tut ...
... kann ihm das zuwider sein ...
... oder ihn verletzen.

Wie sehr habe ich dich ...
... bisher ...
Chiharu ...?
Was jetzt?
Hör mal, so ernst war das doch nicht!
Nun wein doch nicht!
Hm?
Du machst es da, wo ich es nicht sehe ...
Wie damals vor sieben Jahren, als du von meiner Krankheit erfuhrst ...
... und nicht mehr aus deinem Zimmer kommen wolltest ...
Ich bitte dich ...

Du kannst mir so viele …
… Vorwürfe machen, wie du willst …
… aber bitte weine nicht …
… wo ich dich nicht erreichen kann.

...
Fwup
とす.

Okay.
Ich weine nicht mehr dort, wo du nicht bist.
Wirklich?
Ja.
Wirklich.
Wollen wir zum Schwur unsere Finger verhaken?

...
Jetzt ist es be-siegelt.

Also, mach dir keine Sorgen …
… und schlaf in Ruhe.

Katschak
ガチャン
Ich bin wieder da!
Ah, deine Mutter ist zurück.
Hallo, Frau Kusaka!
Zzz
Dann werde ich langsam mal ...
Instant-Schlaf.
Chrrr
ぐー

Ruh dich richtig aus ...
... und werd gesund!
Chemie-Raum
Sag mal ...
... was war das gestern?
Hä?

Iwanaga hat dich eingeladen mitzukommen, und du hast abgelehnt!
Hättest du nicht besser mitgehen und ihnen das Rendezvous vermiesen sollen?
...
Aber wie du ihr das Heft auf den Kopf getippt hast, das sah gut aus.
Mach das auch mal bei mir!
»Ich weiß ...
... von dem ›Zauber‹ ...«
»Ä...
Ähm ...«

...
Ob ich ihr ...
Hm? Was denn?
... meine Liebe ge-stehen soll?

Du erwachst im Frühling

#18

...
Bloß nicht!
Was denn, ich dachte, du unterstützt mich!
Wenn du ihr jetzt ein Geständnis machst, hättest du gar keine Aussichten auf Erfolg!
Willst du dir nicht einfach nur einen Korb abholen, damit du schneller drüber hinwegkommen kannst?
...
Was ist so schlimm dran ...
... wenn es mir danach besser geht?

Ich will nicht, dass es für dich mit Selbstgefällig-keit endet.
Die Chance, dass das gut geht, ist äußerst gering.
Die Wahr-scheinlichkeit ist so hoch, wie bei einem Meteoriten-einschlag zu sterben!
Du klei-ner ...
Trotzdem, ich denke, du hast dich gut von der heik-len Situation erholt.
Ich weiß zwar nicht, wie es für dich weitergeht, aber ...
... du darfst nicht ver-zweifeln!
Zeig mir, wie cool du sein kannst!

Hm
So ist's brav!
Lass das!
Wuschel
わしゃ
Wuschel
わしゃわしゃ
Wuschel
Fehlt Kusaka immer noch?
Raschel
Ding
Dong
Hm?
Nanu?
Kram
Kram
Ich hab mein Japanisch-Buch vergessen?!
Das erste Mal in der Oberstufe, dass er etwas vergessen hat.
Mist! Seinetwegen bin ich schon total durcheinander …
Yataro!
Hast du dein Buch vergessen?
Hm?
Äh, ja …

Dann setz dich auf Chiharus Platz!
Ich lass dich bei mir rein-schauen.
...

Unsere Ellenbogen berühren sich fast ...
Fuwah
サラ

Wupp
Ich …
… komme mir beinahe pervers vor!
Auch noch mitten im Unter-richt …
?
…
Danke für eben.
Klatter
Kein Problem!
Gehst du heute wieder zu ihm?
Nein, heute nicht.
Ah, wolltest du etwa mit?
Sorry, heute habe ich schon was anderes vor …
Unsinn!
Ha ha!

Um den mach ich mir doch keine Sorgen ...
Murmel
Murmel
Das gab's schon lange nicht mehr ...
Hm? Was?
... dass du so neben mir sitzt.
Bevor Chiharu wieder zur Schule kam ...
... war das ja dein Platz, Yataro.

…
In unserer Klasse werden die Plätze ja kaum getauscht.
Wenn er …
… nicht aufgewacht wäre …
… wäre das …
… die ganze Zeit …

... mein Platz ...
... so nah bei ihr ...
Schreck
はっ
Klapper
ガタッ
Yataro?
Tapp
パタ
Tapp
パタ
Hah
Hah
...

Daran ist er doch über-haupt nicht schuld!
So was zu denken ...
... ist doch wirklich ...
Bonk
Ich bin das Aller-letzte!
...

Wenn ich ...
...
so was denke, bin ich
...
... kein bisschen besser als damals!
ぽん
Whup
Eins ...
... und zwei ...
... und drei ...!
Tapp
Tapp
Swush

Wopp
Voll-
treffer!
Uwah!
Die
Arme!
Hört
auf damit,
Jungs!
Was
soll
das?!
…
Ich kann
mich gar
nicht mehr
an einen
erinnern
…
Was war
der Grund
dafür?

... aber selbst wenn es ihn gab ...
... triftig war er sicher nicht, also spielt er auch keine Rolle.
Yataro, warum gehst du eigentlich immer auf Ito los?

Wieso nicht? Die nervt doch total.
Dumm, tollpatschig und flennt gleich!

Wenn's ihr nicht passt, soll sie sich halt wehren!
Ha ha ha!
Was für ein Idiot.
Murmel

Hä?!
Was hast du gerade gesagt, Brillen-Gnom?!
Ha ha!
Pschaaa
Summ
Summ
Schlitter
Platsch
Wah!
Uääh ...
Trief

Wie peinlich!!
Meine Hose ist pitschnass!
Gut, dass ich allein bin.
Wenn das jemand gesehen hätte, würde ich sterben ...
Ya...
Yataro ...
A...
Alles in Ordnung?
Badumm

Bamm
Lass den Blödsinn, du Vogelscheuche!
Platsch
Wenn du das jemandem erzählst, verhau ich dich, nur dass du's weißt!
… hat sie mich …
Warum …
… derart aggressiv gemacht?
Ich bin in Yosuke verliebt!
Kyah!
Kyah!
Er ist sooo verlässlich!

Und du, Ito? Hast du ...
... auch jemanden, in den du verliebt bist?
Äh ...
J...
Ja, hab ich.
Waaas, ehrlich?!
Wah!
Wer ist es denn?!
Wah!
Äh ...
...

Kick
Kyah!
Hör auf!
Wie war das? Ich hasse dich auch!
Ding
Dong
Tschüss!
Hey … … Oki!
Ito fehlt heute … Kannst du ihr die Kopien bringen?
Wir müssen zur AG!
Hä? Wieso denn ich?!
Außerdem ist die doch sicher nicht krank.
Die schwänzt nur!
Kümmert euch nicht um die!
Vielleicht fehlt sie ja auch, weil du sie immer so drangsa-lierst?

Ja, das glaube ich auch!
Waah
Wenn das so weitergeht, kommt sie vielleicht gar nicht mehr zur Schule!
Waah
Entschuldige dich bei ihr, wenn du ihr die Kopien bringst!
...
Alter!
Das kann ich echt nicht.
Ist doch nicht meine Schuld, dass sie fehlt!
Direkt in die Hand muss ich sie ihr ja nicht geben.
Ab in den Briefkasten damit ...
Katschak
カチャ

バタ−ン
Pamm

Das ist ...
... der von damals!
»Lass das, Kleiner!«
Yataros Kopfkino

Willst ...
... du zu Ito?

ビクッ
Zuck

Ito verlässt ihr Zimmer nicht.
Ich glaube kaum, dass du sie zu Gesicht bekommst.
Obwohl, bei dir ...
... macht sie vielleicht eine Ausnahme.
Aber ich hatte kein Glück.
...
I... Ich wollt ihr nur die Kopien von heute bringen.
Bin schon wieder weg!
Klonk
Tschüss!
Trappel

Vertrag dich mit Ito, ja?
Ich kann nämlich nicht mehr bei ihr sein.
Hä?
Wenn ich ...
... wieder aufwache ...

... werde ich sie ...
... nie wieder zum Weinen bringen.
..
Ich werde ihr ein guter großer Bruder sein.

Wupp
Torkel
Torkel
Schauder
Wa...
Was sollte das denn?!

Voll gruselig!
Gefährlich, der Typ!
Batsch

Rattatatt
ガラ
Willkommen zurück!
Es gibt Eis!
Alles in Ordnung mit dir?
Tippel
とぼ
Tippel
とぼ…
Was hat er denn?
Domp
ドスッ
…

Etwas später hörte ich die Mädels ...

... davon erzählen, dass der Kerl, den Ito liebte ...

... im Cold Sleep war.

!
ビクッ
Stopp
Ah
...
...

Wupp
Im ersten Jahr der Mittelstufe ...
... lag er bereits drei Jahre im Cold Sleep ...
Tapp
Tapp
Tapp
...
... und Ito hatte mich schon drei Jahre lang keines Blickes gewürdigt ...

#19

Du erwachst im Frühling

Hast du gewusst ...
... dass im Stadtmuseum gerade eine Cold Sleep-Anlage ausgestellt ist?
Echt?
Das würde mich mal interessie...
Oh?
Ganz schön beharrlich, drei Jahre lang ...
... einseitig verliebt zu sein ...
Hä?!
Bin ich gar nicht.
Badumm

Hey, Iwanaga!

?!

Hey, was soll ...?!

Amamura? Was gibt's?

Ach, wir haben uns ewig nicht gesehen!

Hm? Was heißt hier ewig?

Ha ha ...

Also, ich muss los.
Ja, bis dann!
Dröppel
Verstehe, so sieht's also aus!
Sei nicht so ein Lappen, sprich sie an!
Oder willst du dein Leben lang so rumdrucksen?
Hä? Ich kann sie doch nicht ansprechen!
Du hast ihre Reaktion doch eben gesehen!
Und das drei Jahre, wow …
Hast du dich denn schon mal richtig bei ihr entschuldigt wegen früher?
Wenn du das tust, ist sie sicher nicht mehr böse auf dich.
Vielleicht wäre sie einer Freundschaft mit deinem heutigen Ich gar nicht so abgeneigt?

Bei mir war das ja auch ein bisschen der Fall.
Auch wenn er so was sagt ...
Ich habe nicht das Gefühl, dass das klappen kann.
Wah
Wah
Das war's!
Meine Knie sind am Ende!
Poch
ズキ
Poch
ズキ
Echt?
Ich sag dem Trainer Bescheid.
Danke!

Was denn, macht er blau?
Tuschel
Tuschel
Bildet sich wohl was ein, weil er im ersten Jahr fast einen Platz in der Startelf hat!
Ich glaub, ich hör auf mit Fußball.
Hab ja eh nur angefangen, weil es alle gemacht haben.
Aua!
Hink
Hink
...
Irgendwie ...
... weiß ich gar nicht, was ich will ...
Ich bin zwar gewachsen, aber nur körperlich.
Eigentlich krieg ich nichts richtig gebacken.

Der Moment, in dem sich ihr Lächeln verfinstert, macht mir Angst ...
Ich bin ...
... echt erbärmlich.

Dodomm
Dodomm
He...
Hey ...
Wupp
Tapp
Autsch!
Domp

Au ...
Autsch ...
Tapp

Alles okay?
...

Kannst du laufen?
Bist du verletzt?
Das sind nur Wachstumsschmer...
Autsch!
Zerr
Halt dich fest!
!
Wenn es so schlimm ist, solltest du das untersuchen lassen!
Gehen wir ins Krankenzimmer.
...
Uh ...
...

Sorry
...

Ich hab mich …
… für all die Sachen noch nie bei dir entschuldigt …
Stapf
Stapf
…
… dass ich dich damals geschlagen habe.
Ich hab's gesagt und das …
… reicht.
Mir tut es auch leid …
Schweigen …
Na, egal.
Ich will ja gar nicht, dass sie mir verzeiht.

Das hat mich die ganze Zeit nicht losgelassen.
D... Du musst dich nicht entschuldigen!
Sorry!
Kurze Pause.
Hff
Hff
!
Wah!
E... Entschuldige ...
Das reicht schon!
Wah!
Aber du kannst doch nicht alleine gehen!
Ah ... Amamura!
Du kommst gerade richtig!
Hm? Was gibt's?
Interessanter Anblick ...
Hah
Hah
Taumel
Komm ... ... mal kurz runter!

Hm ...
Soll ich wirklich?
Grins
ニヤ
Grins
ニヤ
Los jetzt, komm und hilf mir!
Lass dich nicht lang bitten!
Kann ich euch alleine lassen?
Meine reundinnen warten eigentlich ...
Ja, wir kommen klar!
Du hast mir ...
... sehr geholfen! Danke!
Yataro ...

Wink
ひら
Wink
ひら
Sie hat mich ein-fach ...
Badumm
... wieder beim Namen genannt und gelächelt ...
Quietsch
Uwah! Das war knapp!
Vrooom
はっ
Schreck

Nachdem ich erkannt habe, was für ein Charakter-schwein ich war, ist mir vieles wieder eingefallen.

Jahrelang hab ich die Sache verschleppt und dadurch nur noch schlimmer gemacht.

Aber was ...

... will ich von nun an machen?

Ah, Yataro!

Gehst du grad nach Hause?

Ist schließ-lich schon dunkel.
カラ
Klapper
カラ
Klapper
Oh Mann, worüber sollen wir reden?
Ah ...
Ob er morgen wieder zur Schule kommt?
Chiharu, meinst du?
Ach ...

... Mist!
Das kann sein! Heute früh soll ...
... sein Fieber schon ziemlich runtergegangen sein.
Jetzt hab ich wieder von ihm angefangen.
Gibt's keine anderen Themen?
Ach so?
Dabei will ich doch ...
... von dem Typen gar nichts hören!
Du bist nett, Yataro.
Immer machst du dir Sorgen.

Du hast mir schon so oft geholfen.
Bei der Abschlussfeier des Schulfests zum Beispiel ...
... habe ich dir das Gefühl gegeben, dass du dich bei mir entschuldigen musst.
»Ich hab dich schon bei der Abschlussfeier enttäuscht ...
Jetzt stör ich dich nicht mehr.«
Aber das war wirklich nicht nötig.
Trotzdem, vielen Dank. Für alles.

Ah
Bis hierher reicht!
Ich wohne ja gleich da vorn.
Danke für die Beglei-tung!
Bis morgen!
Ich wollte immer ...
... dass sie mich beachtet.
Ich weiß, dass da keine Hoffnung besteht.
Und trotzdem ...
Was kann ich tun, damit sie sich für mich interessiert?

Wie komme ich ...
... ihr näher?
I...
Iwana...
I...
Ito!

Darf ich ...
... einfach Ito zu dir sagen?
Nanu?
Wie hast du mich denn bisher genannt?
Beim Nachnamen? Nein ...
Du hast immer nur »Hey« gesagt.
Äh ...
Ich kann mich nicht erinnern, dass du mich je mit Namen angesprochen hast.
...
Lass mich sterben!
Das hätte ich nicht sagen sollen.
Drück
Also ...
Bis dann ...
Dröppel
Ratter
Ratter

Nenn mich ruhig Ito!
Ich hab da nichts gegen.
Es wurde eh mal Zeit!

Ich sage ja auch einfach Yataro zu dir.

Hm? Aber seit wann mache ich das eigentlich?

Okay, dann tschüss!

Klapper

Ah ...

Ja!

Pass auf dich auf!

Auch wenn die Wahrscheinlichkeit nicht größer als ein Meteoriteneinschlag ist ...
... will ich ...
... jetzt gerne ein bisschen träumen ...
パタン
Pamm

...
Tschak
ガチャ。
Mama!
Chiharu? Wieso hast du die Jacke an?
Ich gehe noch kurz raus!

#20

Du erwachst im Frühling

Obwohl …
Ist Yataro etwa …
…
Nein … Auf keinen Fall.
Das zu denken, wäre ungerecht.
むく…
Wupp
Vrrrr
Vrrrr

Chiharu
!
Biep
Chiharu?!
Ah, Ito?
Was ist los?
Nichts Besonderes.
Ich stehe gerade vor deinem Haus.
Wie?!
Schrrt

Sorry, dass ich dich erschreckt habe!
Nein, nein …
Hast du kein Fieber mehr?!
Es ging schon tagsüber zurück.
Ich war gerade ein-kaufen und bin jetzt auf dem Heimweg.
Dann komme ich runter.
Lass nur! Ich gehe jetzt eh nach Hause.
Danke wegen gestern!
Ich bin plötzlich eingeschlafen und konnte mich nicht mehr bei dir bedanken.
Nicht doch!
Ich bin froh, dass du wieder gesund bist.

Ich war gestern so verwirrt ...
Hab ich was Komisches gesagt?

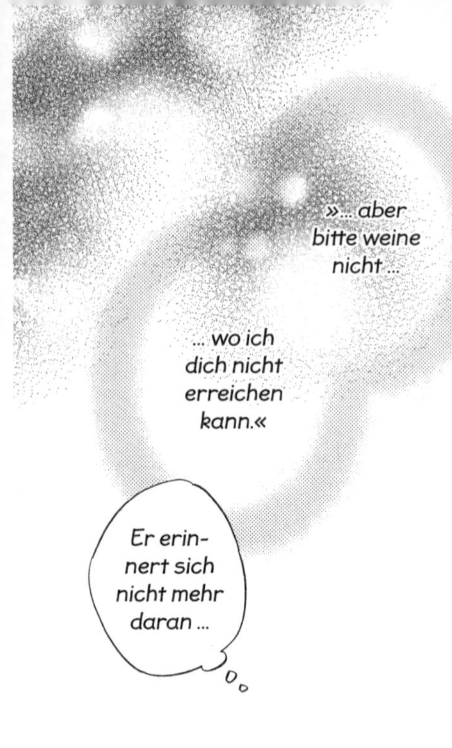
»... aber bitte weine nicht ...
... wo ich dich nicht erreichen kann.«
Er erinnert sich nicht mehr daran ...

Nein, hast du nicht.

Du warst ganz schwach und irgendwie süß.
Was?
Ha ha ha!

Na dann ist ja gut.

Wenn du so lange draußen stehst, erkältest du dich wieder!
Stimmt, ich sollte langsam mal ...
Ich hab morgen kein Training, wir können zusammen zur Schule gehen!
Gern!
Gute Nacht, Ito!
Gute Nacht!
Bis morgen!

Ein Glück ...
... dass Chiharu wieder der Alte ist!
Dass er so seltsam war ...
...
... lag doch nur am Fieber.

Ich zeig dir nachher meine Notizen aus deiner Fehlzeit.
Danke.
Ito! Kusaka!
Guten Morgen!
Guten Morgen, An!
Kann ich … … kurz mit dir reden, Ito?
Ich gehe schon mal vor!
Ja.

Rattatatt
Hast du nach der Schule Zeit?
Ich muss dir was erzählen ...
Ah, Kusaka!
Morgen!
Guten Morgen!
Bist du wieder gesund?
Ja, mir geht's wieder gut!
Guten Morgen, Yataro!
...

Wenn du nicht mit mir re- den willst, musst du nicht.
Klatter
Jetzt ist alles gut.
Ich mache keinen Unsinn mehr.
Was ich von jetzt an machen soll ...
... weiß ich zwar noch nicht, aber ...

Guten Mor-gen!
Mor-gen!
Guten Morgen, Yataro!
O... Oh!
M... Mor-gen ...
I...
ビク
Zuck
ぐりん
Wirbel
Ito ...
»Ito«?

Nanu?
Sprach Yataro dich schon immer mit Vornamen an?
Nein. Seit gestern erst.
Gestern?
Hm? Wie hast du sie denn bisher angesprochen?
Nicht mit dem Nachnamen, oder?
Ich …
… glaube nicht.
…
Chiharu … Das Gleiche hab ich ihm auch schon gesagt …
Ich fehle nur kurz und schon sprichst du sie mit dem Vornamen an?
Hm …
…

Na ja.
Ist ja eigentlich eine gute Sache.
Ah ...
Mich sprichst du auch nicht mit dem Vornamen an!
Stimmt ...
Mach das ruhig.
Kusaka oder Chiharu ...
... wie du willst!
Batsch
Du kleiner ... Ich rede nicht mit dir! Also texte mich nicht mit so 'nem Blödsinn zu!
Bamm
Huch? Sie streiten wieder?

... ist in mich verknallt!
...
Schluck
D... Das ist keine Einbildung! Glaube ich zumindest!
Pass auf, ich erzähl's dir!
Neulich beim Schulfest ...
Da war das so ...
Und dann so ...
Da...
Das ...
... beruht dann ja wirklich auf Gegenseitigkeit?!
Bamm
Bamm
Ne? Das denk ich auch!
Er hat danach zwar meine Nummer blockiert ...
... aber ich fühl mich super!
Blockiert ...?

Was …
… meinst du, was soll ich jetzt tun?
Hah
Hah
Besuche ich ihn in seiner Schule, dann rastet er sicher aus.
Soll ich warten, bis er die Anrufsperre aufhebt?
Hm …
…
Wie wär's …
… wenn wir zu viert ausgehen?
Also du, Mio, Chiharu und ich?
Zum Vergnügungspark oder so …
Was?!
Das ist eine tolle Idee!
Das wäre dann ja ein Double-Date!

Wenn Ku-saka dabei ist, kommt Mio sicher auch mit!
Chiharu lässt sich auch leichter überreden, wenn ihr dabei seid.
Mit mir alleine geht er sicher nicht in den Vergnügungspark ...
Gnn
Wir helfen dir so gut es geht, damit zwischen euch gute Stimmung aufkommt!
Heul
Wah
Vielen Dank!
Du bist ein En-gel!
Pack
Wenn's mit euch was wird, freut mich das auch!
Ich wollte beim Schulfest auch et-was weiter kommen ...
... aber das hat nicht so richtig ge-klappt.
Das hat mich etwas deprimiert.

Aber nach unserem Gespräch bin ich wieder guter Dinge!
Ich leg mich auch weiter ins Zeug!
...
Es tut mir leid.
Hm?
Was denn?
Ich war ein bisschen eifersüchtig auf dich.
Ich habe dich beneidet, weil dein Angebeteter jetzt in deinem Alter ist.
Aber das heißt ja nicht, dass dadurch alles glatt läuft.
Anstrengen müssen wir uns alle!
An ...

Ich werde diese Gelegenheit nicht ungenutzt verstreichen lassen!
Ich werde …
… diesen Mittelstufenschüler erobern!
Danke, dass du mir diesen Laden gezeigt hast!
Tatang
Hoffentlich freut sie sich!
Geburtstagsgeschenk für Mama gekauft.
Ach ja!
Demnächst …

Mio und Takimoto?
Ja, ich denke schon.
Details darf ich dir keine verraten …
… aber wie wär's mit dem Sonntag nach den Tests?
Gatang
Tatang
Okay, ich kom-me mit!
Puh!
Bin ich froh!
Kannst du dann bitte Mio einladen?
Er hat sie auf dem Handy blockiert.
Er blo-ckiert …
… die Person, in die er verliebt ist?
E… Er geniert sich wahrschein-lich und will es überspielen!

Gatang
Ach so.
Mio ist also verliebt …
Tatang
Ich wusste, dass ihm Takimoto wichtig ist, aber mehr so …
… als Kindheits-freundin.
Woran merkt man eigentlich …
… wenn sich so was in Liebe ver-wandelt?

...
Hm ...
Gute Frage ...
Wie es bei Mio war, weiß ich nicht, aber ...
... eine Freun-din ...
... hat mir erzählt ...

... dass, wenn man verliebt ist ...
... und man von demjenigen angeschaut wird ...
... man seinen Blick nicht richtig erwidern kann.
Starr
Wenn man sieht, dass er mit einer anderen spricht ...
... leidet man ...
... aber wenn man ihn unerwartet trifft ...
... hüpft einem das Herz vor Freude.

Wenn derjenige bei einem ist ...
... gibt es so einen Druck in der Brust.
Ein bisschen quält es einen ...
... aber glücklich macht es auch!
Mit Freunden oder Familien-mitgliedern passiert so etwas nie.

Es ist etwas Besonderes …
… und das spürt man.
Schreck
Das …
… meinte jedenfalls …
… die Freundin!
Badumm
Jetzt hab ich's ihm erzählt …
Ah, ziemlich heiß hier, oder?!
Ob die Heizung zu stark aufgedreht ist …?
… so ein Gefühl …
Immer …
Was?
Quietsch
Quietsch

Gatang
Aufgrund einer Not-bremsung muss dieser Zug ...
Bamm
Wah!
Alles okay?
J... Ja ...
Bin ich erschro-cken!
... danke!
Hat das geschau-kelt!

Es geht wie...
Drück
...

Gatang
ガダン
Reib
すり
Tatang
タタン…
Schreck
はっ
…
Chiha…

Fuaah
Bonk
Poch
Poch
...
Hä?!
Hat er sich den Kopf angesto-ßen?!
Wie laut!
Alles in Ord-nung?
Ich ...
... kann so was nicht!

Was?
Pshhhu
Wir sind da!
Ge- hen wir.
Ah, ja!
Für einen Moment war er mir ganz nah ...
Weil es so ge- schaukelt hat?
Badumm
Badumm
Vielleicht ...
... hatte Chiharu noch nie ...
... ein solches Gefühl.

#21

Wenn ihr Anmerkungen oder Kritik habt, schreibt mir! Ich freu mich über jede Zuschrift!

↓

Altraverse GmbH
»Asato Shima«
Phoenixhalle I
Ruhrstraße 11a
22761 Hamburg

Und folgt mir gerne auch auf Twitter (twitter.com/asatoshima).

Vielen Dank, dass ihr weiterlest! Im fünften Band wird sicher einiges passieren, ich würde mich daher freuen, wenn ihr wieder mit dabei wärt.

In diesem Manga gab es ja noch gar kein Sommer(ferien)-Kapitel. Als mir das auffiel, habe ich gleich dieses Bild gezeichnet. →

Bis bald!

Special Thanks

An meine Redakteurin, die gesamte Redaktion, die Design-Abteilung, alle, die an diesem Band mitgewirkt haben, meine Familie und alle Leserinnen und Leser.

Du erwachst im Frühling

So, jetzt, wo alle da sind ...
... wollen wir mal reingehen!
Heute sind wir mit An ...
... und Mio im Vergnügungspark!
In einem Vergnügungspark war ich schon lange nicht mehr!
Ich auch nicht!
Hey, Mio!
Hier waren wir mal bei einem Ausflug mit der Kindergruppe, nicht wahr?
Weißt du noch ?!
Ignorier
ムシ

Stapf
Stapf
Los, Chiharu!
Wa... Wartet doch!
Lass uns da rauf!
Wir sind heute hier ...
... um An mit Mio zu verkuppeln.
M...
Mist!

Das ist ...
... gar nicht gut!
Mio klammert sich an Chiharu fest. Das hab ich befürchtet!
Es gibt keine Gelegenheit, dazwischenzufunken.
Er hat nur Interesse am Park.
Knips
Knips
Knips
...
Ah ... Chiharu und ich gehen Popcorn kaufen!
Wartet so lange, ihr zwei!
Zerr
Ich muss aufs Klo.
Mio ...
... weiß genau, was ihr vorhabt, und ist dementsprechend widerspenstig.
Uh ...
Doch aufgeflogen ...
Aber so kann es nicht weitergehen ...

Da...
Daher ...
... bleib du immer möglichst dicht bei mir!
Pack
So kann ganz natürlich ein Gespräch zu viert entstehen.
Jedenfalls sollten wir uns nicht nach Jungs und Mädchen aufteilen ...
Und ...
... außerdem ...

...
will ich hier auch in einigen Sachen mit dir fahren.
Okay!
Gehen wir schnell zurück, die anderen warten.
Ja.
Puh!
Dann machen wir es so!
Ja!

…
Also, so probieren wir's noch mal!
Ja! Ich geb alles!
Was machen wir als Nächs-tes?
Zu viert im Riesenrad fahren?
Ah … Riesen-rad fände ich zum Schluss besser!
Beim Riesenrad denkt man doch am ehesten an ein Date!
Zusammen von der Kabine aus den Son-nenuntergang zu betrachten, ist doch das Höchste der Gefühle!
Stimmt!

Bis dahin versuchen wir, das Eis zu brechen …
… und dann zu zweit ins Riesenrad zu steigen!
Da bist du ja wieder, Mio!
Dann gehe ich mit Chiharu …!
Die Toilette war weit weg.
Pack
Lass uns …
?!
… jetzt Riesenrad fahren, Chiharu!
Waaas?! Sie steigen direkt ein?
Wartet!
I… Ist okay!
Chiharu wird ihn schon aufhalten!
Katschak

Dröhn
Aaaah!
Dröhn
Sie … sind eingestiegen …
…
Ha!
Ich weiß genau, was sie ausheckt!
Aber dass sie euch mit hineinzieht …
Sie hat euch bestimmt alles vom Schulfest erzählt!
So was hasse ich, echt!

Aber ...
Zum Beispiel mit der Anruf-sperre.
... eigent-lich bist »du« doch derjenige, der Takimoto in diese Situation gedrängt hat.
So was ist doch kindisch ...
... Mio!
...

Aber ich bin auch nicht viel besser.
Was mach ich bloß?
Ich bringe Ito nur in Schwierigkeiten.

Das ist …
… nichts Halbes und nichts Ganzes.
Da wäre es vielleicht besser, erst einmal Abstand voneinander zu nehmen …

Obwohl ich vorhin gesagt habe ...
»Bleib du immer möglichst dicht bei mir!«
... ließ sich Chiharu einfach so von Mio mitziehen.
...
Ein bisschen so ...
... als ob er mich meiden würde ...
Ah ... Sie sind ausgestiegen!
Nanu?

Wa...
Was ist?!
Was?!
Ihm ist anscheinend schlecht.
Möchten Sie sich im Erste-Hilfe-Raum hinlegen?
Nein, es ist nicht so schlimm.
Nimm die Hilfe doch an!
Dann kümmere ich mich um ihn, zieht ihr erst mal alleine weiter!
I... Ist das okay?
Wink
Wink
Natürlich! Um uns musst du dir keine Sorgen machen!
Oder, Mio?
Ja.
Hoffentlich hat Kusaka nichts Schlimmes.
...
Und was machen wir jetzt?
Willst du noch mal Riesenrad fahren?
Kein Bock.
Zweimal ist zu viel.

Das stimmt schon, aber ...!
Ja gut, irgendwie versteh ich das ...
...
Uh ...
Hm? Ist dir schlecht?
Auf dem Riesenrad?
Nein, das nicht ...
Allein bei dem Gedanken, von Ito Abstand zu nehmen, geht es mir schlecht.
Obwohl es ...
... sicher das Richtige wäre.
Aber mein Wille, das auch umzusetzen, reicht nicht mal eine halbe Riesenradumdrehung.

Ich weiß es ja auch nicht genau ...
... aber wäre es dann nicht gut ...
... mal reinen Tisch zu machen?
Dass du so denken kannst ...
Ich beneide dich ein wenig ...
Lass uns Achterbahn fahren!
Was?

Bei dem Ausflug damals …
… hast du doch geweint, weil du als Einzige zu klein warst, um mitzufahren.
Kommt
Wer kleiner ist als ich, darf nicht mitfahren!
120 cm
Ja. Aber …
… du bist dann auch nicht mitgefahren, Mio.
Das hat mich gefreut.
Jetzt darfst du fahren.
Nun bist du ja sogar größer als ich!

Ja ... Ich darf das jetzt ...
Schluchz
Hör auf zu flennen.
Buwääh
War es wirklich gut, nicht zum Erste-Hilfe-Raum zu gehen?
Danke, dass du ...
Ja.
Mir geht's wieder ganz gut.
... dich um mich küm-merst!

Nein, meiden wollte er mich wohl nicht.
Zum Glück!
Sorry …
… dass ich vorhin …
… am Riesenrad …
Ah …
Nein, nein, das macht nichts!

Es war wohl doch keine so eine gute Idee ...
... Mio aus so einem Grund einzuladen.
Deswegen denke ich, dass es so ganz gut war.
Lass uns den Rest des Tages entspannt verbringen!
Wir können noch rumgehen, aber genauso gerne ...
... einfach sitzen bleiben.

Wenn du dabei bist, freue ich mich über alles!
Ah ...
Du solltest vielleicht etwas trinken.
Ich kauf dir wa...
Pack

Lass nur!
Ich brauche nichts.
Geh nicht weg!
O...
Okay ...
Flomp
すとん…
Ich ...

きゅ..
Drück
... will nicht von dir weg.
Auf keinen Fall.
Ich bin zwar ...
... das Letzte, aber ...

...
darf ich
trotzdem an
deiner Seite
bleiben?

J...
Ja
...
...
natürlich
...
はっ
Schreck
Wow! Da turtelt ein Liebes-paar!
Hi hi
わら
わら
Ha ha

I...
Ich bin wirklich nicht sauer, dass ich nicht mit dir Riesenrad fahren konnte!
Zu dicht!
Wapp
Chiharu neigt dazu, immer alles zu ernst zu nehmen ...
Hah
Hah
Weil die Sache heute so schiefging ...
... lass mich das demnächst wiedergutmachen.
Bald ist ja Weihnachten.
Wollen wir dann noch mal zusammen ausgehen?
!
Weihnachten!
Ja, will ich! Auf jeden Fall!
Aber nicht zur »Wiedergutmachung«, sondern ganz normal!

Dann fragen wir An und Mio, wann sie Zeit haben ...
Ah ...
Nein ...
Dies-mal nicht zu viert ...
... sondern nur zu zweit!

Vrrr
Vrrr
Kusaka
...
Vrrr
Vrrr
Vrrr
Vrrr
...
Vrrr
Schwupp
Vrrr
Wapp
Was ist denn?!
Ich hab doch gesagt, ich will nicht mit dir reden!
Ich glaube ...
... ich sag's dir lieber jetzt schon mal.
Yataro ...
Hä?

Was sagst du mir?
Ich …
… habe aufgehört, Ito als meine »kleine Schwester« anzusehen.

Du erwachst im Frühling 4 – Ende

Deutsche Ausgabe / German Edition
Altraverse GmbH – Hamburg 2020
Aus dem Japanischen von Burkhard Höfler

Redaktion: Kathrin Zimon
Herstellung: Cathrin Hamester
Lettering: Vibrant Publishing Studio

Druck: CPI books GmbH, Leck
Printed in Germany

ISBN 978-3-96358-437-4
1. Auflage 2020

www.altraverse.de